Jutta Richter
Helden

Sie fühlen sich nicht gerade als Helden, der elfjährige Felix und seine Freundinnen Corinna und Mia. Die Leute im Ort glauben, die Kinder hätten den Brand entdeckt und nach mutigen, aber vergeblichen Löschversuchen die Feuerwehr alarmiert. Den dreien wird immer unwohler, denn sie wissen nur zu gut, dass sie selbst das Feuer verursacht haben. Auf einmal wird die Schuld einem Nachbarn und stadtbekannten Trinker in die Schuhe geschoben. Gewisse Kreise im Ort nutzen den Vorfall aus, um auf dem Feuer ihr ganz eigenes Süppchen zu kochen. Die Freunde können nicht zulassen, dass ein Unschuldiger mit falschen Verdächtigungen belastet wird. Sie treffen eine mutige Entscheidung …

Jutta Richter, 1955 geboren, lebt auf einem Wasserschloss im Münsterland. Für ihre Kinder- und Jugendbücher wurde sie vielfach ausgezeichnet, u. a. mit dem Deutschen Jugendliteraturpreis und dem Katholischen Kinder- und Jugendbuchpreis.

Jutta Richter

HELDEN

dtv

Jutta Richter in der Reihe Hanser:
Der Hund mit dem gelben Herzen
Der Tag, als ich lernte die Spinnen zu zähmen
Hinter dem Bahnhof liegt das Meer
Helden

Für Lili, Joshua, Ayşhe,
Said und Emma
und alle Kinder,
die auf ein Wunder warten

MIX
Papier aus verantwortungsvollen Quellen
FSC® C019821
FSC www.fsc.org

5. Auflage 2023
2015 dtv Verlagsgesellschaft mbH & Co. KG, München
Lizenzausgabe mit freundlicher Genehmigung der
Carl Hanser Verlag GmbH & Co. KG, München

Umschlaggestaltung nach einem Entwurf
von Marion Blomeyer unter Verwendung
eines Fotos von plainpicture/Onimage
Gesetzt aus der Bembo 12/15˙
Gesamtherstellung: Druckerei C.H.Beck, Nördlingen
Printed in Germany · ISBN 978-3-423-62590-6

1

Am schlimmsten war, dass niemand die Wahrheit herausfand und wir den ganzen Sommer lang mit diesem flauen Gefühl im Bauch herumlaufen mussten. Schuld an allem war nicht unsere Ausrede gewesen, sondern Fräulein Fontana.

Denn Fräulein Fontana hat es allen erzählt, obwohl sie nur die Hälfte mitgekriegt hatte. Wahrscheinlich hatte sie unter der Dusche gestanden, und das Badezimmerfenster war wie immer weit offen gewesen. Wenigstens meinte Felix Vorhelm das. Mit Seife in den Augen kann man nicht gut gucken.

Und zwei Tage später war dann das Foto in der Zeitung gewesen und diese Überschrift: »Die kleinen Helden vom Flussweg.«

Auf dem Foto steht Felix Vorhelm rechts, Mia Besler, das bin ich, in der Mitte und Corinna Thiemann links, und wir grinsen alle drei verlegen in die Kamera, und hinter uns ist die schwarze, verkohlte Bahndammwüste zu sehen.

Die kleinen Helden vom Flussweg

Mutige Kinder verhindern Großbrand

Hemsbach. Nachdem am gestrigen frühen Nachmittag ein Feuer am Bahndamm ausgebrochen war, haben sich drei Kinder vorbildlich verhalten. Wie eine Augenzeugin berichtete, hatten der elfjährige Felix Vorhelm und seine beiden Freundinnen Mia Besler (10) und Corinna Thiemann (10) den Brand entdeckt und zunächst versucht, das Feuer auszutreten. Wegen der langen Trockenheit griffen die Flammen jedoch so schnell um sich, dass es erst der herbeigerufenen Feuerwehr gelang, das Feuer unter Kontrolle zu bringen. Hauptbrandmeister Kloppke weist in diesem Zusammenhang die Bevölkerung noch einmal darauf hin, keine Flaschen oder brennende Zigarettenstummel wegzuwerfen, da die Brandgefahr zurzeit extrem hoch ist.

Die mutigen Kinder, das sind wir, jetzt und für alle Zeiten, und Mama hat den Zeitungsausschnitt an die Küchenpinnwand gesteckt, und ich muss dieses Foto jeden Morgen ansehen und wieder und wieder den Text lesen.

Feuer

Die Sommerferien waren so lang wie die Ewigkeit. Die Sonne brannte, wir hatten einen Höllendurst, unsere Nasen pellten sich, unsere Köpfe glühten, und der Schweiß tropfte uns von der Stirn.

Lukas Trietsch war mit seinen Eltern ins Allgäu gefahren. Er schickte uns eine Postkarte mit Schneebergen drauf, und wir beneideten ihn.

Felix Vorhelm, Corinna Thiemann und ich saßen auf der Bordsteinkante und zählten die Ameisen, die in einer langen Reihe den Rinnstein entlangmarschierten. Wenn Felix Vorhelm eine Ameise zerquetschte, nahmen die anderen Ameisen den Leichnam mit. Wir fragten uns, ob Ameisen auch schwitzten. Felix Vorhelm meinte, eher nicht, denn die hätten ja Ameisensäure im Blut. Dann zerquetschte er noch eine.

»Das ist eklig«, sagte Corinna Thiemann.

»Die spüren das nicht«, sagte Felix.

»Mir ist langweilig«, sagte ich und starrte mit zusammengekniffenen Augen auf die Straße.

Über dem Asphalt flirrte die Luft und machte die Bäume auf der anderen Straßenseite unscharf.

Uns allen war langweilig. Der Eismann kam immer um vier, aber bis vier waren es noch drei Stunden oder drei Wochen oder drei Monate. Die Zeit kroch langsamer als eine rote Nacktschnecke, die Mauersegler flogen ganz hoch, nur wenn sie zum Nest flogen, kreischten ihre Jungen, alles andere war still. Irgendwo weit weg heulte ein Martinshorn.

»Hitzschlag«, sagte Felix Vorhelm.

Er kramte in seiner Hosentasche und zog eine Schachtel Streichhölzer heraus.

»Kommt, wir machen was«, sagte er und sprang auf.

»Was denn?«, fragte Corinna Thiemann.

»Schröggeln«, sagte Felix.

»Dürfen wir nicht«, sagten Corinna und ich.

»Feiglinge«, sagte Felix und spuckte durch seine Zahnlücke. »Typisch Weiber.«

Corinna Thiemann und ich sahen uns an.

»Sieht doch keiner«, sagte Felix.

Wir liefen zum Bahndamm. Das Gras an der Bahndammböschung war gelb und knochentrocken. Die Grillen zirpten. Felix Vorhelm zog das

Streichholz über die Zündfläche. Hell flammte der Schwefelkopf auf.

Felix ließ das Streichholz fallen. Die Flammen züngelten an einem Grasbüschel. Weißer Ascheстaub flog hoch. Das Feuer breitete sich aus. Sechs, sieben, acht Grasbüschel brannten. Die Flammen leckten schon an einer Heckenrose. Überall knisterte und knackte es. Die Grillen hatten aufgehört zu zirpen. Eine Amsel flatterte laut schimpfend aus dem Gebüsch.

»Austreten!«, rief Felix Vorhelm.

Wir traten mit unseren Sandalen in die brennenden Grasbüschel.

»Schneller!«, keuchte Felix. Der Qualm brannte in meinen Lungen.

»Das schaffen wir nicht!«, kreischte Corinna Thiemann. »O Gott, was sollen wir bloß machen!«

Felix riss einen Ast von der Trauerweide gegenüber. Er schlug in die Flammen, aber das Feuer wirbelte nur auf und breitete sich umso schneller aus. Meine Füße waren schwarz vom Ruß, und meine Sandalen rochen nach geschmolzenem Gummi.

»Rückzug!«, rief Felix. »Abhauen!«

Der ganze Bahndamm stand in Flammen.

Wir versteckten uns in Thiemanns Garage. Ich spuckte auf meine Füße. Überall hatte ich Brandblasen. Corinna Thiemann saß auf dem Boden und weinte.

»Hör bloß auf zu heulen«, sagte Felix, und seine Stimme zitterte ein bisschen.

Auch mir war ganz schlecht vor Angst.

»Wenn das rauskommt, stecken die mich wieder ins Kinderheim«, sagte Felix. Er war ganz blass geworden. »Wehe, ihr verratet was.«

»Tun wir nicht«, heulte Corinna.

»Geschworen?«

»Geschworen«, sagte ich.

»Richtig schwören«, sagte Felix.

Corinna und ich hielten die Schwurfinger hoch.

»Ich schwöre beim Leben meiner Mutter«, sagte Felix. »Ich schwöre beim Leben meiner Mutter«, sagten Corinna und ich.

Draußen heulten die Martinshörner, das Heulen kam immer näher.

»Feuerwehr«, sagte Felix Vorhelm und spuckte durch seine Zahnlücke.

Wir hörten, wie das Feuerwehrauto mit quietschenden Reifen zum Stehen kam.

Zwei Autotüren knallten zu.

»Absitzen!«, bellte eine heisere Männerstimme.

Felix Vorhelm lag auf dem Bauch und spähte durch den Spalt zwischen Boden und Garagentor. Ich legte mich neben ihn.

»Könnt ihr was sehen?«, fragte Corinna.

»Sie rollen den Schlauch ab«, sagte Felix. Mein Herz klopfte bis in die Zungenspitze. Ich sah die schwarzen Stiefel der Feuerwehrleute und den großen grauen Schlauch, der wie eine tote Riesenschlange auf der Straße lag.

»Wasser marsch!«, brüllte die Männerstimme. Die Riesenschlange wurde lebendig. Sie blähte sich auf und fing an zu zucken. Und dann hörten wir nur noch das laute Zischen des Wasserstrahls, der auf die Flammen traf.

Eine Ewigkeit später war alles vorbei. Die Feuerwehrleute rollten den Schlauch wieder ein.

»Aufsitzen!«, bellte die Männerstimme. »Abrücken!«

Die Türen des Feuerwehrautos knallten zu. Der Motor sprang an. Das Feuerwehrauto fuhr los. Ohne Tatütata, ohne Blaulicht. Nur ein säuerlich beißender Brandgeruch lag noch in der Luft.

Vorsichtig öffnete Felix Vorhelm das Garagentor. Wir blinzelten in das helle Sonnenlicht. Gegenüber lag die Bahndammböschung verkohlt und verbrannt wie eine schwarze Wüste.

»O Gott«, flüsterte Corinna Thiemann. »Das ist unsere Schuld. Das haben wir getan.«

»Wenn du nicht dichthältst, bring ich dich um«, zischte Felix. »Und vergiss nicht, du hast geschworen.«

Corinna Thiemann schlug die Hände vors Gesicht.

»Beim Leben deiner Mutter«, sagte Felix.

»Und die Brandblasen an unseren Füßen?«, fragte ich. »Und die angekokelten Sandalen? Wie willst du das denn erklären?«

Felix zuckte die Achseln. »Meine merkt das nicht.«

»Aber meine. Und Frau Thiemann sowieso. Die merkt doch immer alles.«

Corinna fing an zu schluchzen. Ich legte den Arm um ihre Schulter.

»Dann sagen wir eben, dass wir geholfen haben. Wir wollten das Feuer austreten. Wollten wir ja auch. Ist nicht mal gelogen.« Felix sah mich triumphierend an. »Gib's zu, das ist genial.«

»Und wenn sie fragt, wer das Feuer angesteckt hat?«, schluchzte Corinna. »*Meine* Mutter fragt das.«

»Glasscherbe«, sagte Felix. »Passiert doch jeden Tag. Wirkt wie ein Brennglas bei der Hitze. Die Sonne scheint drauf und schon brennt alles.« Er streckte Corinna und mir die Hand entgegen. »Abgemacht?«

»Abgemacht«, sagten wir und schlugen ein.

2

»Donnerwetter«, sagt Lukas Trietsch.

Er steht breitbeinig vor uns und ist braungebrannt. Seine weißblonden Haare leuchten wie die Schneeberge auf der Postkarte, die er uns aus dem Allgäu geschickt hat.

»Da hab ich ja was verpasst.«

Er wedelt mit dem Zeitungsartikel vor unseren Gesichtern rum. »Dann erzählt mal.«

»Gibt nichts zu erzählen«, knurrt Felix Vorhelm.

»Das seh ich aber anders. Die sagen, der Brüning hätte im Suff 'ne brennende Kippe ins Gebüsch geschmissen.«

»Hat er nicht«, sagt Corinna Thiemann. Sie sagt das eine Spur zu schnell und zu laut.

Lukas Trietsch zieht die Augenbrauen hoch.

»Muss ich was wissen? Mensch, jetzt redet doch endlich. Ihr wart doch dabei.«

»Waren wir nicht.«

»Wieso? Hier steht doch, dass ihr die Helden vom Flussweg seid.«

Felix Vorhelm verdreht die Augen. Corinna Thiemann starrt auf ihre Fußspitzen und presst die Lippen ganz fest aufeinander. Und ich habe plötzlich wieder dieses flaue Gefühl im Bauch. Es fühlt sich an, als ob ich Hunger hätte, obwohl wir gerade erst zu Mittag gegessen haben.

»Also, was nun?«, fragt Lukas Trietsch.

»Als wir gekommen sind, hat es schon gebrannt«, sagt Felix. »Wir haben nur versucht, das Feuer auszutreten.«

»Und Brüning?«

»War nirgendwo zu sehen«, sage ich.

»Und wieso habt ihr keine Hilfe geholt?«

»Mussten wir nicht«, sage ich. »Die Martinshörner waren schon ganz nah.«

»Komisch«, sagt Lukas Trietsch. »Die Fontana hat meiner Mutter erzählt, dass ihr plötzlich wie vom Erdboden verschluckt wart. Wieso seid ihr denn abgehauen, als die Feuerwehr kam?«

Corinna Thiemann zeigt wortlos auf das Silberpflaster an ihrem Bein.

»Verbrannt?«, fragt Lukas.

Corinna nickt.

»Trotzdem komisch«, sagt Lukas und schüttelt den Kopf. »Also, ich wäre dageblieben und hätte zugeguckt, wie sie löschen. Ehrlich, Leute.«

Felix

Mit Kinderheimen kannte sich Felix Vorhelm aus. Das wusste ich, und ich wusste auch, dass Kinderheime die schrecklichsten Orte der Welt waren.

Frau Trietsch hatte das gesagt, als ich mit Mama an der Fleischtheke stand.

»Darf es ein bisschen mehr sein, Frau Besler?« Dann hatte sie die Stimme gesenkt, und ich musste mich anstrengen, um alles zu verstehen.

»Der Junge ist jetzt wieder bei ihr. Auf Probe, hört man. Die Damen vom Jugendamt geben sich die Klinke in die Hand. Aber das ging ja gar nicht im Kinderheim. Er hat doch nur auf eine Gelegenheit gewartet, wieder abzuhauen. Vier Mal in einem halben Jahr. Nur weil er zur Mutter wollte. Das muss man sich mal vorstellen. Er hätte sogar versucht, Feuer zu legen. Na ja, Blut ist eben dicker als Wasser. Man kann dem Kind nur wünschen, dass es diesmal gut geht. Unserem Lukas habe ich ja gesagt, er soll sich erst mal fernhalten.

Aber zum Kindergeburtstag werden wir ihn wohl einladen. Ich hoffe nur, das geht gut.« Frau Trietsch sprach wieder lauter.

»Schauen Sie mal, hier habe ich noch ein besonders schönes Stück!« Sie hatte das scharfe Messer in der Hand und schnitt ein großes Stück blutiges Fleisch ab. »Ich kann es Ihnen auch schnetzeln.«

»Das wäre nett«, sagte meine Mutter.

»Schwierig war er ja schon immer«, sagte Frau Trietsch wieder leiser. »Aber die Mutter hat ihm ja auch nie was entgegengesetzt. Dabei weiß man doch, dass Kinder Grenzen brauchen. Und ob die im Kinderheim so einem Jungen gerecht werden können, das sei mal dahingestellt. Man liest und hört ja so manches. Und dann nachts in diesen schrecklichen Schlafsälen ... Also ich wünsche es keinem Kind, dort zu enden. Kinderheime sind die schrecklichsten Orte der Welt.«

Frau Trietsch reichte meiner Mutter das Fleischpäckchen.

»Macht acht fünfundsiebzig, Frau Besler.« Sie lächelte mich an.

»Na, Liebes, du möchtest doch bestimmt ein Scheibchen Wurst.«

Sie rollte mit ihren dicken roten Fingern eine Wurstscheibe auf und hielt sie mir hin.

»Und was sagt man?«, fragte Mama.

»Danke, Frau Trietsch«, sagte ich, obwohl ich die Wurst gar nicht mochte.

Eigentlich redeten alle über Felix Vorhelms Kinderheimzeit. Corinna Thiemann meinte sogar, wir müssten ganz besonders nett zu ihm sein, weil er es so schwer gehabt hätte. Lukas Trietsch fand das zwar nicht. »Aber gut«, meinte er schließlich gönnerhaft. »Soll er mein neues Fahrrad ruhig mal ausprobieren.«

Felix selbst erzählte nie vom Kinderheim, und es war ein ungeschriebenes Gesetz, dass wir ihn auch nicht danach fragten.

Was in den Schlafsälen passiert war, habe ich nicht herausgefunden.

Aber ich malte es mir aus. Nachts im Bett, wenn alles ganz dunkel war.

Ich stellte mir vor, ich läge in einem Schlafsaal, in einem Schlafsaal so groß wie die Turnhalle in unserer Schule. Die Betten standen dort dicht nebeneinander, und in jedem Bett lag ein weinendes Kind mit Heimweh. Und das Schluchzen und Stöhnen war so laut, dass man nicht einschlafen konnte. Aber niemand tröstete die Kinder, keine Mama kam und flüsterte: »Alles wird gut, mein

Schatz. Nun, wein mal nicht, ich sing dir noch ein Schlaflied.« Im Gegenteil.

Ich stellte mir vor, dass vor den großen Türen des Schlafsaals ein Wächter stand, mit finsterer Miene und ganz bösen Augen. Und wenn das Weinen zu laut wurde, riss der Wächter die Tür auf und brüllte einfach los. »Ruhe dahinten!«, brüllte der Wächter. »Ruhe dahinten, und wehe, einer weint!«

Immer wenn ich beim Ausmalen an dieser Stelle war, musste ich aufstehen.

Ich hatte mich durch die dunkle Wohnung zum Elternschlafzimmer getastet, war zu Mama ins Bett gekrochen, und Mama hatte Platz gemacht und im Schlaf ihren Arm um mich gelegt.

3

»Wo kommt das Geld her?«, fragt Mama und hält den Fünfeuroschein in der Hand.

Wir stehen im Badezimmer vor der Waschmaschine. Mama guckt immer in allen Taschen nach, bevor sie die Hosen in die Maschine steckt.

»Das ist meins«, sage ich und greife nach dem Schein.

»Ich will wissen, woher du das hast.«

»Verdient«, sage ich. »Gib her.«

Mama hält den Schein in die Luft. Ich hüpfe wie ein Hund, aber so hoch springen kann ich nicht.

»Wo kommt das Geld her?«

»Herr Brüning hat es mir gegeben«, keuche ich.

»Wofür?«

»Ich habe ihm geholfen.«

»Wobei?«

»Nach Hause gebracht.«

»Du hast was?« Meine Mutter schreit mich an.

»Ich habe Herrn Brüning nach Hause gebracht. Er war doch betrunken und konnte nicht mehr alleine …«

»Das gibst du zurück!«, schreit meine Mutter. »Na warte, dem werde ich was erzählen.«

»Aber das ist mein Geld«, heule ich. »Herr Brüning hat es mir geschenkt.«

»Nichts hat er dir zu schenken! Gar nichts!«, schreit meine Mutter. »Geh in dein Zimmer!«

Katzen

Felix Vorhelm und ich hatten den Klub der Meisterdetektive gegründet, denn wir hatten Zeit. Unendlich viel Zeit.

Nachmittags saßen wir auf der Bordsteinkante vor unserem Haus und warteten auf das Unheimliche. Die Aufgabe eines Meisterdetektivs war es nämlich, das Unheimliche zu entdecken, es zu enttarnen und zu bekämpfen.

Das Unheimliche hatte viele Gesichter und viele Namen. Es konnte Herr Pohling heißen und hinkte mit rostbraunen Schnürschuhen die Straße entlang. Oder es hieß Fräulein Fontana und stieß hinter dem geschlossenen Fenster hohe spitze Schreie aus.

Manchmal nannte sich das Unheimliche auch Herr Brüning, dann torkelte es Lieder lallend aus der Eckkneipe, es stolperte, fiel hin, rappelte sich wieder auf und schenkte uns fünf Euro, wenn wir es stützten und bis zur Haustür brachten.

Das Unheimliche hasste Katzen. Egal welche

Gestalt es gerade angenommen hatte, wenn das Unheimliche eine Katze sah, warf es mit Stöcken oder sprang zischend aus dem Hauseingang.

Die alten Katzen in unserer Straße wussten das. Sie waren klug und leise und konnten sich unsichtbar machen. Aber die jungen Katzen konnten das nicht. Sie hatten einfach noch kein Geschick. Sie tollpatschten durch die Vorgärten, spielten mit raschelnden Blättern, kugelten sich kämpfend über den Bürgersteig. Die jungen Katzen waren für Felix Vorhelm und mich das Beste im Leben.

Als Meisterdetektive kannten wir natürlich alle Geheimverstecke und Schlafplätze der Katzen. Wir lockten sie mit Zieplauten, wir pfiffen leise durch unsere Zahnlücken. Dann purzelten die jungen Katzen unter den Treppenstufen hervor auf die Straße und strichen uns maunzend um die Beine, während die Katzenmütter hinter dem Hortensienbusch uns aufmerksam beobachteten.

Am 3. Juli schellte Felix Vorhelm Sturm. Wir saßen beim Mittagessen.

»Meine Güte«, schimpfte meine Mutter. »Was ist denn jetzt schon wieder los?«

Ich rannte zur Korridortür und öffnete sie.

»Du musst mitkommen«, keuchte Felix Vorhelm. »Sofort!«

Er zog mich am Ärmel aus der Wohnung, zog mich die Treppenstufen hinunter. Ich hörte meine Mutter nach mir rufen und dann laut schimpfend die Korridortür zuknallen. Das würde Ärger geben.

»Egal«, sagte Felix. »Wir müssen die Katzen retten.«

Draußen flirrte das Sonnenlicht. Ich kniff die Augen zusammen. Felix zog mich hinter den Fliederbusch im Vorgarten. Von dort hatte man einen guten Überblick über die Straße.

Wir sahen Herrn Pohling, der den Bürgersteig entlanghinkte. Er hatte seinen Stock dabei und schlug damit auf jeden Busch. Fräulein Fontana folgte ihm mit fünf Schritten Abstand. Sie rief »Miez, miez, miez«, hatte ihren Stockschirm dabei und stocherte unter den Treppenstufen. Drei Schritte hinter ihr torkelte Herr Brüning, mit einem Eichenknüppel bewaffnet. »Wenn ich euch Saubande kriege«, lallte er, »wenn ich euch Saubande kriege, werdet ihr ersäuft. Alle miteinander ersäuft.«

Sein Lachen klang wie das Meckern eines Ziegenbocks.

»Was haben die vor?«, fragte ich.

»Siehst du doch«, antwortete Felix. »Die wollen die Katzen plattmachen. Eine Säuberungsaktion, haben sie gesagt. Das wäre eine Säuberungsaktion. Wir hätten eine Katzenplage in der Straße, und jetzt soll Schluss sein damit.«

»Aber das dürfen die doch gar nicht.«

»Das ist denen doch egal.«

»Und jetzt?«

»Wir müssen schneller sein«, sagte Felix.

Herr Pohling war nur drei Häuser von unserem entfernt und kam langsam näher.

Felix und ich duckten uns hinter den Vorgartenzaun und schlichen zum Katzenlager unter den Treppenstufen des Nachbarhauses.

Die Katzenmutter schnurrte leise, als wir uns näherten. Sie lag auf der Seite unter der Treppe und säugte die Kleinen.

»Pscht«, sagte ich. »Alles wird gut.«

Ich streichelte ihren Kopf, während Felix Vorhelm die jungen Katzen von den Zitzen löste. Er steckte eine nach der anderen unter sein Hemd.

»Beeil dich«, flüsterte ich. »Sie sind fast hier.«

Als Felix die letzte Katze verstaut hatte, robbte er rückwärts unter den Treppenstufen heraus.

»Du bleibst hier«, zischte er mir zu. »Du musst sie ablenken.«

Dann verschwand er hinter der Hausecke.

Kaum war er verschwunden, wurde ich von hinten am T-Shirt gepackt.

»Na, wen haben wir denn hier?«, schnarrte Herr Pohling. Er zog mich unter den Stufen vor, schob mich zur Seite und beugte sich unter die Treppe.

»Treffer«, rief er. »Wir haben das Muttertier.«

Die alte Katze fauchte und sprang auf. Sie sträubte ihr Fell und sah plötzlich doppelt so groß aus. Herr Pohling stieß seinen Stock nach ihr. Die Katze wich zurück.

»Hau ab!«, rief ich. »Minka, hau ab!«

Die alte Katze zögerte, dann drehte sie sich um und sprang mit einem Satz unter den Treppenstufen vor. Fast hätte sie Herrn Pohling zu Fall gebracht, als sie zwischen seinen Beinen durchflitzte. Blitzschnell rannte sie zum Birnbaum, und noch bevor er seinen Kopf wenden konnte, war sie im Blätterdach verschwunden. Ich atmete auf und presste meinen Rücken gegen die Hauswand.

Fräulein Fontana zog mit der Stockschirmkrücke die alte Margarinedose heraus, in die Felix und ich immer die Katzenmilch gegossen hatten.

»Sieh an, sieh an. Du fütterst sie also.«

Sie drückte die Schirmspitze gegen meine Brust. Mein Herz klopfte bis zum Hals.

»Na, Schätzchen, das werden wir uns aber abgewöhnen müssen! Nicht wahr? Du weißt doch, dass die Hausordnung jedwede Tierhaltung verbietet. Da bin ich aber gespannt, was deine Mutter dazu sagt.«

»Meine Mutter weiß nichts davon«, sagte ich, während mir die Tränen in die Augen schossen.

»Das wird sich ändern«, antwortete Fräulein Fontana. Sie wandte sich Herrn Pohling zu.

»Dann wollen wir der Frau Mutter mal einen Besuch abstatten. Komm, Hubert.«

Herr Brüning wollte auch mitgehen, aber Herr Pohling schob ihn zurück.

»Du bleibst hier, Benno. Ulrike und ich erledigen das schon.«

»Ersäufen«, lallte Benno Brüning. »Man sollte sie alle ersäufen.«

Jetzt hatte das Unheimliche sogar noch Vornamen bekommen.

»Komm mal her zu mir, Süße«, lallte Herr Brüning. Er torkelte einen Schritt auf mich zu. Ich rannte los.

»Warum läufst du denn weg, Süße?«, rief Herr Brüning. »Warte doch. Warte, Kind.«

Aber da war ich schon um die Ecke gerannt.

Felix Vorhelm saß in Thiemanns Garage und wartete auf mich. Um ihn herum wuselten die vier kleinen Katzen. »Erzähl! Was haben sie gesagt?«

»Sie sind zu meiner Mutter gegangen.«

»Mist!«

Durch einen Spalt vom Garagentor fiel ein Sonnenstreifen. Ein Kätzchen versuchte, den eigenen Schwanz zu fangen. Es kugelte über den Zementboden. Ich sah Staubkörner im Licht tanzen. In einer Ecke hatte Frau Thiemann die Winterreifen gestapelt. Es roch nach Altöl und Benzin, aber trotzdem war die Garage ein fabelhaftes Versteck. Im dämmrigen Licht fühlte ich mich sicher. Fast so sicher wie zu Hause im Bett, wenn ich die Bettdecke über den Kopf gezogen hatte.

»Und jetzt?«, fragte Felix.

»Weiß nicht«, sagte ich.

»Na gut.« Felix griff nach einem Kätzchen und drückte es an sich. »Warten wir eben ab.«

4

»Du siehst doch, dass der Junge einen schlechten Einfluss auf sie hat«, sagt meine Mutter. »Nichts als Klagen hört man. Seitdem dieser Felix Vorhelm wieder im Haus wohnt, nichts als Klagen.«

»Findest du nicht, du übertreibst ein bisschen?«, fragt mein Vater. »Das sind doch Kinder.«

Ich stehe hinter der geschlossenen Wohnzimmertür, presse mein Ohr ans Holz und lausche.

»Sie entgleitet uns, Gisbert«, sagt meine Mutter. »Den ganzen Nachmittag auf der Straße und immer mit diesem Jungen zusammen. Ein Heimkind! Gisbert, ich sage dir, sie entgleitet uns.«

Mutprobe

Der 17. Juli war ein Samstag.

Wir hatten uns schon morgens in Thiemanns Garage getroffen, weil Felix Vorhelm meinte, dass er uns unbedingt etwas zeigen müsse. Ich platzte fast vor Neugierde, denn Felix hatte es diesmal besonders spannend gemacht. Es würde eine Art Prüfung sein, hatte er gesagt, eine Mutprobe, ein Eignungstest für Meisterdetektive.

Zuerst mussten wir schwören. Wir mussten schwören, dass wir nie irgendwem davon erzählen würden.

»Wenn es was Verbotenes ist, schwöre ich nicht«, sagte Corinna Thiemann.

»Dumme Gans«, zischte Felix. »Alles, was spannend ist, ist verboten.«

»Aber nicht wieder Feuer«, sagte Corinna.

»Im Gegenteil«, grinste Felix.

Ich puffte Corinna mit dem Ellenbogen in die Rippen. »Komm, sei kein Spielverderber!«

»Aber ich hab keine Lust mehr auf Stress«, sagte

Corinna, und ihre Stimme wurde weinerlich. »Ihr habt ja keine Ahnung, was bei uns zu Hause los ist. Ich hab schon Fernsehverbot und Schwimmbadverbot. Wenn ich noch einmal Scheiß baue, kriege ich Hausarrest. Versteht ihr: HAUSARREST!«

»Kannst ja abhauen«, sagte Felix. »Musst ja nicht mitmachen im Klub der Meisterdetektive.«

Corinna kaute auf ihrer Unterlippe. Ich wusste, was sie dachte. Wenn sie jetzt gehen würde, war das genauso schlimm wie Hausarrest. Freiwillig zwar, aber genauso schlimm.

»Na komm«, sagte ich.

Corinna zögerte.

»Na komm«, sagte Felix.

»Also gut«, sagte Corinna.

Wir schworen beim Leben unserer Mütter und Väter und bei allem, was uns heilig war.

»Also dann«, sagte Felix. »Folgt mir.«

Er führte uns aus Thiemanns Garage. Wir überquerten die Straße, gingen den schwarz verkohlten Trampelpfad am Bahndamm entlang und gelangten so hinter Fräulein Fontanas Haus.

Der Heckenrosenstrauch, hinter dem wir uns verstecken mussten, hatte schon wieder ausgetrieben. Ich sah die zartgrünen Blätter und war erleichtert.

Es gab also doch ein Vergessen, und nach dem nächsten Regen würde der Bahndamm bestimmt wieder grün sein. Er würde grün sein, obwohl ich mir das nicht wirklich vorstellen konnte, weil ja immer noch der beißende Brandgeruch in meine Nase stieg.

»Bewegt euch nicht«, sagte Felix. »Und seid leise, wenn sie kommt. Sie darf uns auf keinen Fall bemerken.«

Er zeigte auf Fräulein Fontanas Haus. Wir sahen das weit geöffnete Badezimmerfenster. Und dann blieb mir die Spucke weg.

Fräulein Fontana kam ins Badezimmer.

»Jetzt«, flüsterte Felix.

Fräulein Fontana zog ihren Morgenmantel aus und stellte sich splitternackt ans offene Fenster. Mit geschlossenen Augen hielt sie das Gesicht in die Sonne.

Die schwarzen Haare, die sie sonst immer hochgesteckt hatte, fielen offen über ihre Schultern.

Sie hatte große Brüste, und wir konnten ihre dichten lockigen Schamhaare sehen. Corinna Thiemann machte die Augen zu.

»Guck doch hin«, flüsterte Felix. »So was sieht man nicht jeden Tag.«

»Ich will das aber nicht sehen. Das ist ekelhaft«, flüsterte Corinna.

Fräulein Fontana stellte einen Fuß aufs Fensterbrett und fing an sich einzucremen.

Felix grinste. »Na, hab ich zu viel versprochen? Vor dem Duschen cremt sie sich immer ein.«

»Du bist doch pervers«, zischte Corinna.

Ich wollte zwar weggucken, aber ich konnte nicht. Das war ein ganz komisches Gefühl. So eine Mischung aus sich schämen und neugierig sein, aber insgeheim wünschte ich doch, Fräulein Fontana würde das Fenster zumachen. Als sie sich umdrehte, konnten wir sehen, dass ihr die schwarzen Haare fast bis zum Po reichten. Sie stellte die Dusche an und zog den Duschvorhang hinter sich zu.

Im selben Augenblick war Corinna aufgesprungen. Sie rannte mit gesenktem Kopf den Trampelpfad zurück. Felix und ich rannten hinter ihr her.

»Bleib stehen!«, rief Felix unten auf der Straße. »Bleib doch stehen! Corinna! Wo willst du denn hin?«

Aber Corinna blieb nicht stehen. Sie rannte einfach weiter.

»Blöde Kuh«, murmelte Felix. »Hinter der renne ich doch nicht her.«

Er drehte um und schlenderte langsam in Richtung Garage. Am liebsten wäre ich auch weggerannt, aber ich ging mit.

»So eine Zicke«, schimpfte Felix. »Die hat doch gar nichts kapiert. Man muss den Feind beobachten. Man muss Informationen über ihn sammeln. Das gehört nun mal zur Grundausbildung für Detektive. Das weiß doch jeder.«

»Aber Fräulein Fontana war nackt«, sagte ich und merkte, wie ich rot wurde.

»Na und? Hast du noch nie eine nackte Frau gesehen?« Natürlich hatte ich schon nackte Frauen gesehen. Meine Mutter und Tante Ulla und die Frauen im Schwimmbad unter der Dusche. Aber das hier war etwas ganz anderes gewesen. Es war gemein und verboten. Und oberpeinlich. Ich wusste genau, ich würde Fräulein Fontana nie mehr begegnen können, ohne daran zu denken, wie ihre Brüste ausgesehen hatten. Und das war das Schlimmste.

»Sie ist unsere Feindin«, sagte Felix. »Sie ist eine Katzenhasserin. Vergiss das nicht.«

»Halt die Klappe«, sagte ich und lief weg.

Corinna Thiemann saß auf der Mauer vor dem Friseurgeschäft, in dem ihre Mutter arbeitete. Ich setzte mich neben sie. Corinna rückte von mir weg.

»Lass mich bloß in Ruhe«, zischte sie. »Ihr seid doch beide ekelhaft.«

»Ich hab nichts damit zu tun. Das war ganz allein Felix' Idee.«

»Und warum bist du dann nicht mit mir abgehauen? Ich hab doch genau gesehen, dass du mit Felix in unsere Garage gegangen bist.«

»Ich musste noch was klären.«

Corinna sprang auf. Sie war jetzt ziemlich sauer.

»Was klären! Was klären! Ich weiß es genau: Ihr habt euch totgelacht, weil ich weggelaufen bin.«

»Aber du hast die Mutprobe doch bestanden«, sagte ich leise.

»Schöne Mutprobe«, fauchte Corinna. »Und weißt du überhaupt, was am schlimmsten ist?«

Ich schüttelte den Kopf.

»Am schlimmsten ist«, sagt Corinna, »dass ich Fräulein Fontana nie mehr begegnen kann, ohne daran zu denken, wie ihre Brüste aussehen.«

5

»Wir sprechen uns später«, sagt meine Mutter zu mir. Sie steht an der Korridortür und verabschiedet sich gerade von Fräulein Fontana.

»Nichts für ungut, Frau Besler, aber das musste doch mal gesagt werden.«

Fräulein Fontana hat ganz rote Flecken im Gesicht.

»Ich bin Ihnen dankbar, Frau Fontana«, sagt meine Mutter. Sie lächelt etwas schief. »Sie kennen ja das Sprichwort: Um ein Kind zu erziehen, braucht man ein ganzes Dorf.«

Ich schleiche mich in mein Zimmer. Auf dem Wohnzimmertisch stehen zwei Kaffeetassen und eine Schale mit Plätzchen.

»Wir sprechen uns später« ist die allerschlimmste Drohung. Ich sitze auf meinem Bett und warte. Ich höre das Geschirr in der Küche klappern. Mama spült die Kaffeetassen.

Die Kühlschranktür fällt zu, dann ist es still. Nur an meiner Fensterscheibe summt eine Fliege.

Ich habe Angst. Fräulein Fontana ist unsere Vermieterin.

»Man muss sich gut mit ihr stellen«, hat Papa gesagt. »Auch wenn sie etwas schrullig ist. Sei immer nett und höflich zu ihr«, hat Papa gesagt.

Manchmal wünsche ich mir einen anderen Vater. Einen, der mutiger ist. Herr Trietsch würde nie von Lukas verlangen, immer nett und höflich zu sein. Herr Trietsch sagt: »Wer nicht kämpft, hat schon verloren.«

Wenn mein Vater ein Polizeiauto sieht, bremst er jedes Mal. Dann schimpft meine Mutter mit ihm. »Mein Gott, Gisbert, du fährst doch gar nicht zu schnell.«

»Vorsicht ist besser als Nachsicht«, sagt Papa immer.

Ich weiß es genau, irgendwas ist rausgekommen. Irgendwas Schlimmes hat Fräulein Fontana meiner Mutter erzählt. Ich gehe zum Fenster und zerquetsche die Fliege. Jetzt ist es totenstill in der Wohnung.

Lukas

Lukas Trietsch versuchte alles, um Mitglied im Klub der Meisterdetektive zu werden.

Er lauerte uns auf, er schlich um uns herum, er brachte sogar ganze Ringe Fleischwurst mit, um uns zu bestechen.

Die Fleischwurst wollten wir, aber ihn wollten wir nicht. Wir wollten ihn auf keinen Fall und nie und nimmer.

»Der hat doch Wurstfinger«, sagte Felix Vorhelm. »Der hat doch keine Ahnung. Wenn der sich anschleicht, bebt die Erde.«

Das stimmte. Lukas Trietsch besaß nicht eine der Eigenschaften, die man braucht, um ein guter Meisterdetektiv zu sein. Er konnte nicht einmal flüstern. Und das Einzige, was Lukas Trietsch unheimlich fand, waren die Gruselfilme, die er heimlich anschaute, wenn seine Eltern abends auf der Versammlung der Metzgerinnung waren.

Wie sollten wir so einem erklären, was das Unheimliche wirklich war? Wie sollten wir erklären, dass das Unheimliche sogar Vornamen hatte, dass es Benno hieß und Hubert und Ulrike. Lukas Trietsch hätte uns ausgelacht. Er hätte sich auf die Schenkel geschlagen vor Lachen. Wenn Lukas Trietsch lachte, schlug er sich meistens auf die Schenkel, und er wieherte beim Lachen wie ein großes Pferd.

Einmal waren wir mit Lukas Trietsch bei Opa Thiemann gewesen, zum Kaninchenstreicheln.

Opa Thiemann war nämlich Kaninchenzüchter.

In seiner Küche standen fünfzehn Silberpokale auf einem Regal.

»Die haben meine Belgischen Riesen gewonnen«, hatte Opa Thiemann erklärt. »Dann kommt mal mit.«

Er hatte uns zu den Kaninchenställen geführt, jedem von uns ein Belgisches Riesenkaninchen in den Arm gelegt und gelacht.

»Na, dann streichelt sie mal schön. Das mögen die nämlich.«

Corinna Thiemann, Felix und ich hatten ganz still gesessen. Wir hatten die Kaninchen gestreichelt und vor Glück kaum zu atmen gewagt.

Lukas Trietsch aber hatte sein Kaninchen an den Ohren gepackt und geschätzt, wie schwer es wohl war.

»Vier Kilo mindestens«, hatte er gesagt. »Das wäre ein superguter Sonntagsbraten. Ehrlich, Leute.« Und sein wieherndes Pferdelachen war so laut gewesen, dass die Kaninchen zusammenzuckten und die Ohren anlegten. Nein, wir wollten Lukas Trietsch nicht in den Klub der Meisterdetektive aufnehmen. Nie im Leben!

Aber wir hatten ihn unterschätzt. Lukas konnte zwar nicht flüstern, er konnte nicht schleichen, aber wenn er etwas wirklich wollte, dann bekam er es auch.

Wir saßen in Thiemanns Garage und spielten mit den jungen Katzen. Felix hatte eine Decke von zu Hause mitgebracht, und die alte Minka hatte den neuen Schlafplatz sofort angenommen. Das kleine Fenster über den aufgestapelten Winterreifen stand jetzt immer weit offen, damit Minka rein- und rauskonnte. Sogar die Margarinedose für die Katzenmilch hatten wir retten können.

Corinna hatte Katzenfutter organisiert. Natürlich probierten wir alle davon. Es waren kleine knusprige Kügelchen, die etwas salzig schmeckten.

»Eigentlich ganz lecker«, hatte Felix nachher gemeint. »Wenn man nicht genau wüsste, dass getrocknete Schweinehoden und Hühnerfüße drin sind …«

Corinna musste würgen.

»Denk einfach nicht dran«, sagte Felix und grinste.

Er zog ein schwarzes Notizbuch aus der Jackentasche. »Na, dann wollen wir mal sehen, was für Informationen wir schon haben.«

Er fing an vorzulesen.

»Fontana, Ulrike, Flussweg 14, Beruf: Katzenhasserin und Hausbesitzerin. Haarfarbe: schwarz, Augenfarbe: braun, besondere Kennzeichen: keine, Figur: birnenförmig, Brüste: groß, Brustwarzen: fast schwarz und riesig, Vorlieben: nackt am Fenster stehen …«

»Hör auf damit!«, schrie Corinna. Sie schnappte sich das Notizbuch.

»Gib her!« Felix packte sie und versuchte, ihr den Arm umzudrehen. Corinna riss sich los. Sie holte aus und warf das Notizbuch im hohen Bogen durch das geöffnete Katzenfenster. Felix machte das Garagentor auf und wollte hinter die Garage laufen. Corinna und ich rannten ihm nach. Und dann blieben wir wie angewurzelt stehen, denn vor uns stand, wie aus dem Boden gewachsen, Lukas Trietsch.

Er hatte das schwarze Notizbuch in der Hand und ein breites scheinheiliges Grinsen im Gesicht.

»Sucht ihr etwa das hier?«, fragte er und hielt das Notizbuch hoch über seinen Kopf. »Na, dann holt es euch doch.«

Felix ballte die Fäuste, er senkte den Kopf und wollte sich auf Lukas stürzen.

Lukas machte eine blitzschnelle Drehung zur Seite und ließ Felix ins Leere stolpern.

»Komm, Lukas«, sagte ich. »Mach keinen Quatsch. Gib das Notizbuch her.«

»Nie im Leben«, sagte Lukas. Er grinste immer noch.

Felix hatte sich aufgerappelt. Er sprang Lukas auf den Rücken und versuchte, ihn zu Fall zu bringen. Aber Lukas stand wie ein Fels in der Brandung. Er schüttelte Felix einfach ab.

»Gib sofort das Buch her, du Fettklops!«, brüllte Felix.

»Sag das noch mal!«

»Fettklops!«

Lukas grinste nicht mehr.

»Fettklops! Fettklops!«, brüllte Felix. Lukas drehte sich langsam um.

Einmal hatte ich einen Tierfilm über Nashörner gesehen. Während des Filmens war ein Nashorn sauer geworden und hatte den Kameramann angegriffen. Das wütende Nashorn im Film hatte sich genauso langsam umgedreht wie Lukas Trietsch.

Jetzt also wird es ernst, dachte ich und drückte Corinnas Hand. Irgendwas mussten wir tun. Ich nickte Corinna zu, und wir beide stürzten uns kreischend auf Lukas. Damit hatte er nicht gerechnet. Ich sah die Überraschung in seinen Augen. Corinna packte seinen linken Arm, während ich versuchte, ihm das Notizbuch zu entreißen. Und tatsächlich, er ließ es los. Ich rannte, als ob zehn wütende Nashörner hinter mir her wären. Ich rannte um mein Leben und wäre an der Ecke fast mit Frau Thiemann zusammengestoßen.

»Na, da hat es aber jemand eilig. Nun warte doch mal. Wo ist denn die Corinna?«, rief sie hinter mir her, aber da war ich schon im Hausflur, nahm zwei Stufen auf einmal und schellte Sturm.

»Meine Güte, was ist denn jetzt schon wieder los?«, fragte Mama ärgerlich.

»Ich muss aufs Klo«, keuchte ich. »Nötig!«

Kopfschüttelnd gab Mama den Weg frei.

»Und da wartest du natürlich bis zum letzten Moment«, schimpfte sie.

Mein bestes Geheimversteck war unter der Badewanne. Dort gab es ein Fliesenviereck, das mit silbernen Klemmen befestigt war. Wenn ich die Klemmen aufbog, konnte ich eine Kachel herausnehmen. Schon immer hatte ich meine wichtigsten Schätze dort versteckt. Die Kiste mit den Glasmurmeln, meine Knippsteinsammlung und den Goldring, den ich im Frühling auf der Straße gefunden hatte und eigentlich zum Fundbüro bringen sollte. Nachdem ich die Badezimmertür abgeschlossen hatte, nahm ich die Fliesenkachel heraus und schob das Notizbuch in den Hohlraum unter der Wanne. Dann drückte ich die Klospülung und drehte den Wasserhahn auf.

6

Ich muss hier raus. Ich halte diese Stille nicht mehr aus. Ich drücke ganz leise die Türklinke runter.

»Du bleibst hier, mein Fräulein!«

Mama steht im Flur und versperrt mir den Weg.

»Aber die warten auf mich.«

»Dann müssen sie eben noch länger warten. Du bleibst hier und räumst jetzt dein Zimmer auf.«

»Aber das kann ich doch später machen.«

»Auf gar keinen Fall. Das wird jetzt sofort gemacht!«

Ich habe keine Chance.

»Und mach es ja ordentlich! Ich komme kontrollieren!«

Wütend knalle ich die Zimmertür hinter mir zu.

»Wo der Staubsauger steht, weißt du ja noch!«, ruft meine Mutter.

Ich hasse sie.

Immer noch hängt das »Wir sprechen uns später« in der Luft. Nur dass ich nie weiß, wann später ist.

Wahrscheinlich muss sie erst mit Papa sprechen.

»Du solltest jetzt mal kleine Brötchen backen.« Auch das ist so ein Lieblingssatz meines Vaters. Aber ich will keine kleinen Brötchen backen! Ich will riesige Brote!

Ich stelle die Bücher ins Regal. Ich setze den Stofflöwen aufs Bett. Ich hebe Papierschnipsel auf. Ich stopfe wütend die schmutzige Wäsche in den Wäschesack. Ich falte meine Pullover. Ich streiche die Bettdecke glatt. Ich schleppe den schweren Staubsauger in mein aufgeräumtes Zimmer und sauge so lange, bis meine Wut kleiner wird. Es tut richtig gut, Krach zu machen.

Blut

Als ich zurückkam, war Thiemanns Garage ein Lazarett. Felix Vorhelm lag zusammengekrümmt auf Minkas Katzendecke und stöhnte. Lukas Trietsch saß auf den Winterreifen und hielt sich die Hand vor die Nase. Von seinen dicken Fingern tropfte Blut. Überhaupt war überall Blut. Sogar die kleinen Katzen hatten Blutspritzer auf dem seidigen Fell. Corinna lief von Felix zu Lukas und versuchte verzweifelt, mit einem schmutzigen Lappen das Blut wegzuwischen.

»Gut, dass du da bist, du musst dich um Felix kümmern«, sagte sie.

»Wo ipft mein Notipfbuch?«, flüsterte Felix, als ich mich über ihn beugte.

»In Sicherheit«, sagte ich, und dann wurde mir schlecht. Felix' Lippe war doppelt so dick wie sonst, und ein mit Spucke vermischter Blutfaden lief langsam am Kinn herunter.

Ich öffnete das Garagentor und schnappte nach Luft.

»Wer hat denn gewonnen?«

»Keiner«, sagte Corinna. »Und jetzt?«

»Ich werde verraten, dass ihr Fräulein Fontana heimlich beobachtet, wenn ich nicht mitmachen darf«, drohte Lukas Trietsch.

»Das glaubt dir sowieso keiner«, antwortete ich. »Im Gegenteil. Wir werden sagen, dass du ein Spanner bist.« »Gamf genau«, sagte Felix. »Du hapft keine Champfe.« »Ich mach euch fertig«, sagte Lukas Trietsch.

»Leg lieber den Kopf in den Nacken«, meinte Corinna. »Dann hört dein Nasenbluten auf.« Sie nickte mir zu, und wir gingen nach draußen.

»Das kann so nicht weitergehen«, flüsterte sie. »*Wir* müssen jetzt entscheiden. Die Jungen kriegen das alleine nicht hin.«

»Aber du willst doch auch nicht, dass er bei uns mitmacht.«

»Vor allen Dingen will ich keinen Ärger. Und glaub mir, Lukas, der lässt nicht locker.«

Das stimmte. Lukas würde nie im Leben aufgeben. Er würde uns bespitzeln, er würde uns belauschen, und wir würden keine ruhige Minute mehr haben. So viel war sicher.

»Denk an das Feuer«, flüsterte Corinna. »Stell dir vor, er kriegt raus, dass wir das waren.«

»Wie denn?«

»Weiß ich doch nicht. Aber wenn er uns belauscht?«

»Wir reden einfach nicht drüber.«

»Und wenn doch … irgendwann … irgendeine blöde Bemerkung? Das kann doch jedem passieren.«

Corinna hatte recht. Verdammt noch mal, sie hatte recht. Es könnte so passieren. Es könnte alles auffliegen. Und dann wären wir geliefert.

»Wenn die den zu fassen kriegen, der das zu verantworten hat, dann muss der den ganzen Feuerwehreinsatz bezahlen«, hatte Frau Trietsch an der Fleischtheke zu meiner Mutter gesagt. »Das sind über zehntausend, Frau Besler. Mein Mann kennt sich da aus. Das kann der doch nie bezahlen.« Ich wusste genau, dass Frau Trietsch einen Verdacht hatte. Alle Erwachsenen hatten einen Verdacht, obwohl niemand einen Namen nannte. Sie sagten nur »der« oder »er« oder »der Feuerteufel«.

»Also was nun?«, fragte Corinna. »Bist du dafür?«

Ich zuckte die Achseln. »Weiß nicht.«

»Wenn du Ja sagst, sind wir die Mehrheit.«

»Und wenn Felix nicht will?«

»Er muss wollen«, sagte Corinna.

7

Sie streiten wieder.

Ich liege im Bett und versuche, nichts zu hören. Aber die Stimmen im Wohnzimmer werden immer lauter. Natürlich geht es um mich.

»Das kennt man ja! Deine Trägheit! Deine ewige Vogel-Strauß-Politik!« Mamas Stimme ist hoch und schrill.

»Du bist doch eine Glucke. Du willst das Kind doch nur klein halten«, brüllt Papa.

»Jemand, der aus solchen Verhältnissen kommt, ist kein Umgang für Mia. Guck dir die Frau doch an. Die Frau nimmt Medikamente! Die Frau ist doch nicht mal in der Lage, ein vernünftiges Mittagessen zu kochen.«

»Na und? Schließlich ist Mia mit dem *Jungen* befreundet, nicht mit der Mutter. Und für ihr Mittagessen sorgst ja wohl du.«

»Frau Trietsch hat erst gestern wieder das Jugendamt angerufen.«

»Frau Trietsch!«, brüllt Papa. »Frau Trietsch!

Die hat dir doch ins Hirn geschissen, deine Frau Trietsch!«

»Gisbert! Nicht in diesem Ton!«

Mamas Stimme wird leiser. Jetzt bin ich glockenwach. Leise stehe ich auf und schleiche auf Zehenspitzen über den Flur.

»Deine Tochter hat nicht nur Geld von diesem Brüning genommen, deine Tochter begleitet ihn dafür sogar in die Wohnung«, höre ich Mama sagen.

»Hat das auch deine Frau Trietsch gesagt?«

»Nein, das hat Mia selbst zugegeben. Und wenn *du* den Mann nicht zur Rede stellst, dann tu ich es. Ich will nicht, dass sie von fremden Männern Geld annimmt, und schon gar nicht von solchen Subjekten. Im Übrigen ist Frau Fontana auch sehr besorgt …« Mama spricht immer schneller. »Sie hat mich deshalb heute extra besucht. Sie hat beobachtet, dass die Kinder sich in Thiemanns Garage treffen. Gisbert, denk doch mal nach! Zwei kleine Mädchen mit diesem Felix, der ein Jahr älter ist. Stundenlang in der Garage! Da kann man doch eins und eins zusammenzählen! Was glaubst du denn, was die da machen?«

»Wahrscheinlich Schatzkarten zeichnen«, brummt mein Vater. »Was weiß ich? Lass ihnen den Spaß. Wir haben das früher doch auch gemacht.«

»Ich nicht«, sagt Mama. »Ich habe mit Puppen gespielt. Mit meinen besten Freundinnen. Mit Jungen hätten wir uns in dem Alter nie abgegeben! Warte mal eben.«

Mit einem Ruck reißt Mama die Wohnzimmertür auf.

»Hab ich's doch gewusst! Was machst du hier? Warum bist du nicht im Bett?«

»Ich muss mal«, stottere ich.

»Dann geh!«, faucht sie wütend.

Aussendienst

Eigentlich war es gut, dass ein Gewitter aufzog. Gut für den Bahndamm und gut für uns.

»Wapf macht ihr da draupfen?«, hatte Felix gerufen, als der erste Blitz genau über der Garage zuckte. Der Donnerschlag, der folgte, war so laut, dass weder Corinna noch ich antworten konnten. Minka versteckte sich fauchend hinter den Winterreifen, und Lukas Trietsch sprang auf.

»Ich muss nach Hause«, sagte er. »Aber ich komme wieder. Verlasst euch drauf!«

Kaum hatte er das Garagentor aufgestoßen, prasselte der Regen los. Es war so dunkel geworden, dass die Straßenlaternen angingen. Lukas rannte hinaus. Corinna und ich sahen ihm nach, aber schon nach ein paar Metern war er hinter einer Wasserwand verschwunden.

Felix' Lippe hatte aufgehört zu bluten. Sie war angeschwollen und oben etwas aufgeplatzt, doch die Wunde war klein.

»An der Lippe blutet epf immer gampf doll«,

meinte Felix. »Dapf ipf nicht gepfährlich. Kannft ruhig hingucken.«

Aber ich guckte weg, und gleichzeitig bewunderte ich Corinna, weil ihr nie schlecht wurde, wenn sie Blut sah. Corinna wusste genau, was zu tun war, wenn Blut floss, und sie wusste auch genau, was sie einmal werden wollte. »Ärztin«, hatte sie gesagt, als Frau Trietsch gefragt hatte. »Am besten Unfallärztin!«

»Da musst du dich in der Schule aber anstrengen.« Frau Trietsch hatte den Kopf geschüttelt und meiner Mutter einen Blick zugeworfen. »Ja, ja, das eine ist, was man will, das andere, was man kann. Unser Lukas wird ja später einmal die Fleischerei übernehmen. Ich sage immer, so eine Metzgerlehre ist etwas Grundsolides.«

Der Regen trommelte auf das Teerpappedach der Garage. Wir hatten keine Chance, nach Hause zu laufen.

»Meine Mutter denkt, ich wäre bei dir«, sagte Corinna. »Und meine denkt, ich wäre bei dir«, grinste ich.

»Und meine schläft.«

Felix versuchte, auch zu grinsen.

»Also«, sagte Corinna. »Hiermit erkläre ich die Sitzung der Meisterdetektive für eröffnet.

Mia und ich haben nämlich einen Beschluss gefasst …«

»Ohne mich könnt ihr gar nichts beschließen!«, sagte Felix.

»Können wir wohl«, sagte ich. »Wir haben beschlossen, dass wir dafür sind, Lukas Trietsch aufzunehmen.«

»Nur über meine Leiche! Ihr tickt doch nicht sauber!«

»Im Gegenteil. Wir haben nachgedacht«, sagte Corinna. »Wenn wir Lukas Trietsch nicht aufnehmen, wird er uns die ganze Zeit belauern. Wenn wir ihn nicht aufnehmen, haben wir keine ruhige Minute mehr. Ich schwöre, der kriegt was raus.«

»Und wenn wir ihn aufnehmen, weiß er sowieso bald alles. Lukas Trietsch ist ein Verräter! Ein mieser kleiner Verräter!« Felix war wütend.

»Mensch, Felix, hör doch mal zu. Wir können ihn einsetzen. Wir geben ihm eine Aufgabe, die ihn ablenkt …«

»… und von uns fernhält«, sagte Corinna. »Er kann doch Benno Brüning überwachen. Posten stehen. Dranbleiben. Verstehst du?«

Felix zögerte. Felix kniff die Augen zusammen und dachte lange nach. Der Regen prasselte auf das Teerpappedach, ein Blitz zuckte, dann donnerte es wieder.

»Außendienst, meint ihr? Wir lassen ihn Außendienst machen?«

»Genau«, sagte ich. »Außendienst.«

»Ja, Außendienst«, sagte Corinna. »Das ist eine Superidee, Felix.«

Es war komisch, aber je öfter wir das Wort Außendienst sagten, desto mehr schien Felix zu glauben, dass das seine eigene Idee war.

Felix Vorhelms Superspitzenidee.

Genial, einfach genial! Lukas Trietsch macht den Außendienst und der Klub der Meisterdetektive ist gerettet.

»Am besten ist, dass der Fettklops ein funkelnagelneues Mountainbike mitbringt«, sagte Felix. »Dann haben wir nämlich ab jetzt ein Dienstfahrzeug, das ist ja wohl klar. Einer für alle, alle für einen!«

8

»Der kommt nicht zurück«, sagt Frau Trietsch. »Glauben Sie mir, ich weiß, wovon ich rede. Acht Monate auf Montage! Wo gibt's denn so was? Wär schön, wenn Sie es passend hätten.«

Mama sucht das Kleingeld im Portemonnaie. Frau Trietsch beugt sich über die Theke.

»Acht Monate, verstehen Sie, Frau Besler. Erst hat sie gesagt, er käme Ostern zurück. Jetzt sagt sie, Ende September. Dabei könnten wir Thiernanns Garage so gut brauchen. Gerade jetzt, wo mein Mann den neuen Lieferwagen gekauft hat. Aber sobald ich sie darauf anspreche, schnappt sie zu wie eine Muschel. Das muss mein Mann entscheiden, Frau Trietsch, sagt sie. Ich kann ihn im Moment nicht erreichen, sagt sie. Die Verbindungen nach Bahrain wären so schlecht. Also, ich glaube ihr kein Wort. Und mal ehrlich, warum verkauft man denn das Auto, wenn der Mann zurückkommt? Sie sagt, sie braucht es nicht, die kurzen Strecken würde sie mit dem Fahrrad fahren, und das lange Stehen täte dem Wagen nicht gut, hätte ihr Mann gesagt. Ich sage Ihnen, sie braucht das Geld. Wahrscheinlich zahlt er nicht mal den Unterhalt fürs Kind. Und ich seh's ja, sie kauft doch kaum noch Fleisch! Nicht mal am Wochenende. Die müssen jetzt jeden Cent zweimal umdrehen. Als Friseurin verdient man ja kaum was. Aber das Kind tut mir wirklich leid. Sie heißt Corinna, nicht wahr?«

Mama legt den Finger auf den Mund und nickt in meine Richtung.

»Dann wünsche ich Ihnen noch ein schönes Wochenende, Frau Besler, und grüßen Sie Ihren Mann.«

»Danke, gleichfalls«, sagt Mama und zieht mich aus dem Laden.

»Stimmt das?«, frage ich draußen.

»Stimmt was?«, fragt Mama zurück.

»Das, was Frau Trietsch sagt. Mit Corinnas Vater.«

»Blödsinn«, sagt Mama. »Du kennst doch Frau Trietsch. Die macht aus jeder Mücke einen Elefanten. Und außerdem war das gar nicht für deine Ohren bestimmt.«

Träume

Natürlich wussten wir alle, dass Corinnas Vater im Ausland arbeitete.

Sie hatte ein Foto von ihm aufs Federmäppchen geklebt. Da stand er in der Wüste, ein großer braun gebrannter Mann mit lachenden Augen und einer Baseballkappe auf dem Kopf, und im Hintergrund konnte man dicke Rohre und Bohrtürme sehen. Corinna hatte erzählt, dass ihr Vater Ingenieur war und dass er ein »Schweinegeld« in der Wüste verdienen würde.

»Ein Schweinegeld«, hatte sie gesagt. »Je länger er dort bleibt, umso mehr verdient er. Deshalb kann er auch nicht jedes Mal zu meinem Geburtstag kommen.«

»Aber du hast doch nur einmal im Jahr Geburtstag.«

»Trotzdem.«

»Gibt es da Skorpione?«, hatte Felix gefragt.

»Jede Menge.«

»Und schwarze Mambas?«

»Auf jeden Fall«, hatte Corinna gesagt.

Felix war beeindruckt.

»Die schwarze Mamba ist der Porsche unter den Schlangen«, erklärte er. »Die schwarze Mamba wird bis zu vierundzwanzig Stundenkilometer schnell. So schnell kann kein Mensch rennen. Selbst mit dem Mountainbike hätte man keine Chance gegen sie.«

Es ärgerte mich, dass Felix so beeindruckt war.

»Also, ich hätte Angst, wenn mein Papa in so einem gefährlichen Land wäre.«

»Blödsinn«, hatte Corinna gesagt. »Mein Vater passt schon auf.«

Die Sache mit dem »Schweinegeld« war mir lange nicht aus dem Kopf gegangen.

Ich hatte Corinna sogar heimlich um ihren Wüstenvater beneidet. So einen Vater hatte ich mir immer gewünscht. So einen Vater mit einer Baseballkappe, der mit schwarzen Mambas und Skorpionen fertig wurde, der ganze Ölfabriken baute und ein Schweinegeld damit verdiente.

Wenn mein Vater eine Baseballkappe aufsetzte, sah das peinlich aus, und ich war froh, dass er seine Schirmmütze nur im Urlaub trug, am Sandstrand, ganz weit weg, wo uns keiner kannte.

Ich hatte Corinna gefragt, was ihr Vater mit

dem Schweinegeld machen würde, wenn er wieder zu Hause war.

»Sachen kaufen natürlich«, hatte sie geantwortet. »Und ein Haus bauen und hier wegziehen, und ein Pferd bekomme ich auch ... vielleicht sogar zwei Pferde. Dann kannst du mich mal besuchen, und wir reiten zusammen.«

Abends im Dunkeln hatte ich mir ausgemalt, wie es sein würde, eine Freundin zu haben, mit der ich ausreiten könnte. Ich war sicher, Corinna würde in einem Haus wohnen, das wie ein Schloss aussah, mit einem Park und einer hohen Mauer drum herum. Neben dem Schloss wäre der Pferdestall. Corinna würde ein Zimmer bewohnen mit rosa Wänden und einem Kronleuchter, und wir würden zusammen in einem riesengroßen Himmelbett schlafen.

Auch wenn alle sagten, man würde gelb vor Neid, bei mir war das anders. Mein Neid war rot gewesen und hatte wie ein Feuer in mir gebrannt.

Jetzt war das Feuer gelöscht. Mit einem einzigen Satz von Frau Trietsch.

Kein Schloss, kein Pferd, kein Himmelbett. Kein Ausritt in die sinkende Abendsonne.

Alle Träume waren zerplatzt mit einem einzigen »Der kommt nicht zurück«.

Es war, als hätte der Sommer sich für immer hinter den grauen Regenwolken versteckt, die nach dem Gewitter aufgezogen waren. Der blaue Himmel blieb verschwunden. Die große Hitze war vorbei. Felix Vorhelm, Corinna Thiemann und Lukas Trietsch hatten sich in Luft aufgelöst. Ich saß in meiner Zimmerhöhle und wartete. Aber nichts passierte. Das Telefon klingelte nicht. Niemand schellte Sturm an der Korridortür. Nicht einmal das Unheimliche zeigte sich. Die Langeweile schob sich unter meiner Zimmertür durch und machte mich müde. Ich lag auf meinem Bett. Ich versuchte nachzudenken.

Was ist besser, dachte ich, einen Vater zu haben, der feige und vorsichtig ist, der Angst vor Polizeiautos hat und bei einem bleibt? Oder einen Vater zu haben, der in der Wüste ein Schweinegeld verdient, mit schwarzen Mambas kämpft und nicht mehr nach Hause kommt?

Ich wusste es nicht. Je länger ich drüber nachdachte, desto größer wurde das Durcheinander in meinem Kopf. Eigentlich war mein Vater ja auch nicht da.

Eigentlich wusste er nichts von mir. Er wusste nicht, was ich machte, er wusste nicht, was ich dachte, er wusste nicht, wovor ich mich fürchtete.

Als ich noch klein war, hatten wir immer »Hein Blöd und die kleine Robbe« gespielt. Papa war Hein Blöd gewesen und hatte so getan, als ob er nichts wüsste. Ich war die kleine Robbe und musste ihm alles erklären.

»Mann, Hein Blöd, ein Butterbrot ist zum Essen da.«

»Ach nee, ich dachte, damit wischt man den Teller ab!«

Oder er sagte: »Kleine Robbe, komm schnell! Kleine Robbe, ich habe eine Riesenschlange gefunden!«

»Aber Hein Blöd, das ist doch unser Staubsauger.«

»Nein, kleine Robbe, das ist eine Riesenschlange, die gerade einen Elefanten gefressen hat! Jetzt will sie auch noch das Sofakissen fressen! Hilfe, kleine Robbe, du musst es festhalten!«

Das Sofakissen hatte am Staubsaugerrohr geklebt, ich hatte gezogen und gezogen, und Papa hatte sich schlappgelacht, bis Mama kam und einfach den Stecker aus der Steckdose zog.

»Müsst ihr denn immer so albern sein, Gisbert? Du wolltest dem Kind doch helfen, das Zimmer aufzuräumen.«

»Aye, aye, Sir«, hatte Papa gelacht und salutiert,

und Mama war wutschnaubend in die Küche gestürmt.

»Nimm dich ja vor Meister Proper in Acht, kleine Robbe. Mit dem ist nicht zu spaßen.«

Als mein Vater noch Hein Blöd spielte, konnte ich ihm alles erzählen, weil ich genau wusste, dass er zu mir halten würde. Einmal hatte er mich sogar gerettet, obwohl ich gar nicht in Gefahr war. Ich konnte ja schwimmen. Ich hatte nur ausprobiert, was passieren würde, wenn ich um Hilfe rief.

Wir waren am Baggersee gewesen. Ich war allein im Wasser. Papa lag am Ufer auf der Decke und las in einem Buch. Da hatte ich »Hilfe!« gerufen, einfach so: »Hilfe, Papa, Hilfe!« Und Papa war aufgesprungen, mit Riesenschritten ins Wasser gerannt und war um mein Leben geschwommen. Er hatte mich gepackt. Er hatte mich ans Ufer getragen.

Und ich hatte die Angst in seinen Augen gesehen und mich furchtbar geschämt, aber trotzdem: Es war ein verdammt gutes Gefühl, zu wissen, dass mein Vater mich retten würde.

9

»Man weiß ja auch nicht, was in so einem Kopf vorgeht«, sagt Mama. Schon seit einer halben Stunde hat sie den Telefonhörer ans Ohr gepresst. »Natürlich ist das noch nicht erforscht … Genau … und dann diese Medikamente … Das kann ein Segen oder ein Fluch sein. Man weiß es eben nicht …«

Ich bin ins Wohnzimmer gekommen, weil ich meine Haarspange suche. Mama wedelt mit der Hand und scheucht mich weg. Ich schließe die Wohnzimmertür und presse mein Ohr ans Holz.

»Der Junge tut mir wirklich leid«, sagt Mama. »Bei einer so kranken Mutter leben zu müssen. Nein … unbeschwert ist eine solche Kindheit auf gar keinen Fall … Die Damen vom Jugendamt … Ja, natürlich wird dort kontrolliert, aber das ist ja auch nur ein Blick von außen … man wundert sich doch immer wieder, warum solche Kinder nicht woanders untergebracht werden. Es geht ja auch um die Versorgung … Nein, ich habe die Frau wochenlang nicht gesehen. Der Junge muss alles machen … Der Junge kauft ein, der Junge trägt den Müll runter … Da kümmert sich doch keiner … Ja, da bin ich sicher … der Junge wäre im Kinderheim wesentlich besser aufgehoben … Man hört ja so manches … Ja, natürlich … ach, nach den Ferien schon? … der Platz ist schon beantragt? … da bin ich aber erleichtert …«

Ich verlasse den Horchposten und gehe in mein Zimmer. Ich kann mein Herz in den Ohren klopfen hören, und meine Knie sind ganz weich. Ich weiß genau, dass der Junge Felix ist.

Aber das kann doch nicht sein, dass Felix zurück ins Heim muss. Das hätte er uns doch erzählt, denke ich. Einer für alle und alle für einen. Und was wird dann aus dem Klub der Meisterdetektive? Wir brauchen Felix. Wir haben das Unheimliche zwar entdeckt und enttarnt, aber besiegt haben wir es nicht. Im Gegenteil, das Unheimliche wird mit jedem Tag unheimlicher. Ich muss sofort etwas unternehmen. Wir müssen verhindern, dass sie Felix ins Kinderheim bringen.

Nur noch zwei Wochen, denke ich. Nur noch zwei Wochen, dann geht die Schule wieder los!

Ich ziehe die Gummistiefel an, nehme die Regenjacke vom Garderobenständer und ziehe die Korridortür leise hinter mir zu.

Hausarrest

Corinna Thiemann machte die Tür nur einen Spaltbreit auf. Sie hatte ihren geblümten Schlafanzug an, obwohl es schon Mittag war. Papas Liebling war vorne quer über die Brust gestickt.

»Bist du krank?«, fragte ich.

Corinna schüttelte den Kopf. »Hausarrest.«

»Wegen was?«

»Komm erst mal rein, du bist ja ganz nass.«

Ich zog die Gummistiefel aus und hängte meine Regenjacke über einen Stuhl.

»Also, sag schon.«

»Wegen der Trietsch«, fauchte Corinna. »Die Trietsch hat sich die Haare machen lassen und meiner Mutter alles brühwarm erzählt.«

»Was denn erzählt?«

»Na, dass ihr Zuckerjunge sich eine blutige Nase geholt hat und dass wir dabei waren.«

»Aber wir haben doch gar nichts gemacht.«

»Das erklär mal meiner Mutter! Die ist schon

seit Wochen schlecht drauf, die hat bloß nach einem Grund gesucht, mich einzusperren. Und du kennst doch die Trietsch, wenn ihr Zuckerjunge Aua ruft, dann geht die die Wände hoch! Mir glaubt ja keiner. Aber wenn die Trietsch was sagt, dann ist das Gesetz.«

»Mist«, sagte ich. »Dann weiß meine auch bald Bescheid.«

»Worauf du dich verlassen kannst.« Corinna starrte wütend aus dem Fenster.

»Wenn mein Vater hier wäre, wäre alles anders. Der hätte mir geglaubt. Der war immer auf meiner Seite.«

»Aber dein Vater kommt doch bald zurück«, sagte ich.

Corinna fing an zu weinen. Die Tränen liefen ihr ganz langsam übers Gesicht.

»Mein Vater kommt nicht zurück«, schluchzte sie. »Der kommt nie wieder zurück. Das erzählt meine Mutter doch nur. Die haben sich nämlich getrennt. Für immer. Du hast ja keine Ahnung, was hier los ist.«

Ich wollte Corinna trösten, aber ich wusste nicht, was ich sagen sollte. Ich fühlte mich plötzlich klein und hilflos, und am liebsten wäre ich wieder gegangen. Ich legte meine Hand auf ihre

Schulter, aber sie zuckte zurück. »Lass mich«, schluchzte sie. »Komm mal mit.«

Mir blieb die Spucke weg. Die Küche sah aus wie ein Schlachtfeld. Überall lagen Scherben. Schmutzige Teller und Töpfe stapelten sich in der Spüle, auf dem Küchentisch standen leere Weinflaschen, und in einem halbleeren Weinglas schwammen mindestens fünfzig kleine tote Fruchtfliegen.

»Nachts trinkt sie immer Rotwein«, sagte Corinna. »Dann dreht sie die Musik auf und schmeißt aus Wut Teller an die Wand, aber am schlimmsten ist das Weinen. Sie schluchzt und weint ganz laut, und sie denkt, ich schlafe und kriege das nicht mit, dabei höre ich alles. Verstehst du: Alles! Am liebsten würde ich abhauen.« »Komm«, sagte ich leise, »jetzt räumen wir erst mal auf.«

Eine Stunde später sah Thiemanns Küche wieder so aus wie früher. Die Scherben waren aufgefegt, die leeren Weinflaschen standen im Flur, die Teller, Tassen und Gläser waren gespült. Alles sah ordentlich aus. Auch an Thiemanns Kühlschranktür hing der Zeitungsausschnitt mit unserem »Heldenfoto«.

Corinna hatte Honigbrote geschmiert und Pfefferminztee gekocht, und wir saßen am Küchentisch, so als wäre nichts geschehen. Zwei ganz normale Freundinnen, in einer ganz normalen Küche, an einem ganz normalen verregneten Sommernachmittag.

»Mein Vater hat eine Neue«, sagte Corinna und biss in ihr Honigbrot. »Ich soll ihn besuchen, hat er gesagt. In den Herbstferien. Dann will er sie mir vorstellen. Er zahlt auch den Flug. Aber ich flieg da nicht hin! Nie und nimmer flieg ich da hin! Das kann der sich abschminken!«

Ihre Augen waren ganz dunkel vor Zorn.

»Meine Eltern streiten auch immer«, sagte ich.

»Worüber?«, fragte Corinna.

»Meistens geht es um mich.«

Corinna dachte nach.

»Das ist nicht schlimm«, sagte sie dann. »Schlimm ist, wenn sie nicht mehr streiten. So war das bei uns, bevor mein Vater den Job in der Wüste angenommen hat. Schlimm ist, wenn sie schweigen und plötzlich unheimlich nett zu dir sind und immer irgendwas Tolles mit dir unternehmen wollen am Wochenende. Aber sie machen das nie zusammen, sie machen es immer einzeln. Mit Mama ins Schwimmbad, mit Papa in den Zoo … Am schlimmsten ist es, wenn einer von ihnen dir einen Hund schenken will«, sagte Corinna.

»Wollten deine das?«

»Mein Vater wollte. Er hatte sogar schon einen ausgesucht. Er hat mir ein Foto gezeigt, aber Mama hat das verhindert!«

Ich war erleichtert. Niemand wollte mir einen Hund schenken, weder Papa noch Mama. Ich durfte ja nicht einmal die Katzen füttern!

»Glückwunsch«, sagte Corinna. »Dann bist du auf der sicheren Seite! Aber wehe, du erzählst jemandem, was bei uns los ist.«

»Nie im Leben.«

»Geschworen?«

»Geschworen«, sagte ich.

10

»Eine Schlägerei, Gisbert, eine richtige Schlägerei, und deine Tochter mittendrin! Du hättest den Jungen mal sehen sollen! Sie mussten mit ihm zum Arzt!« Mamas Stimme überschlägt sich.

»Lass mich raten«, sagt Papa, »du warst bei Frau Trietsch einkaufen?«

»Das sind Fakten, Gisbert! Ich habe Lukas Trietsch schließlich selbst gesehen. Die Augen sind völlig zugequollen. Sie haben ihn grün und blau geschlagen! Du musst sie zur Rede stellen!«

Ich höre Papas Schritte auf dem Flur. Schnell lasse ich mich aufs Bett fallen und schlage ein Buch auf. Es klopft an meiner Zimmertür.

»Herein«, sage ich.

Papa setzt sich auf die Bettkante. Er nimmt mir das Buch aus der Hand.

»Deine Mutter sagt, du bist unter die Schläger gegangen?«

»Bin ich nicht!«

»Dann erzähl mal.«

»Lukas und Felix haben sich geprügelt.«

»Warum?«

»Wegen den Meisterdetektiven. Lukas will unbedingt mitmachen. Aber wir wollen ihn nicht.«

Papa zieht die Augenbrauen hoch und runzelt die Stirn.

»Meisterdetektive?«

»Wir nennen uns so. Das ist unsere Bande.«

»Ach so. Und Lukas Trietsch will da mitmachen?«

»Ja, aber Felix und Corinna und ich wollten ihn nicht dabeihaben.«

»Und dann?«

»Dann sind Felix und Lukas aufeinander losgegangen.«

»Und du?«

»Ich habe nur hinterher geholfen. Die haben ja beide geblutet.«

»Und warum hast du keinen Erwachsenen zu Hilfe geholt?«

»Das ging doch alles viel zu schnell, und dann kam das Gewitter und Lukas ist sowieso nach Hause gegangen.«

»Und was ist mit Felix?«

»Der hat 'ne dicke Lippe.«

Papa grinst.

»Aber du hast wirklich nicht mitgeprügelt?«

»Nein!«

»Ehrenwort?«

»Ehrenwort, Papa.«

Er gibt mir das Buch zurück.

»Na, dann lies mal schön weiter, kleine Robbe«, sagt mein Papa und streichelt mir übers Haar.

Feuerteufel

Felix hatte alles aufgeschrieben, nicht nur die Sache mit Fräulein Fontana, nicht nur den Bahndammbrand, in seinem Notizbuch stand der ganze Sommer. Unser ganzer Sommer.

Er hatte aufgeschrieben, wann und wo wir uns getroffen hatten, er hatte aufgeschrieben, wie lange unsere Treffen gedauert hatten. Er hatte sogar die Größe der vier kleinen Katzen gemessen und aufgeschrieben. In seinem Notizbuch konnte ich lesen, dass er den Katzen Namen gegeben hatte. Die schwarz-weißen hießen Schulze 1 und Schulze 2, die rot gefleckte hatte er Pünktchen genannt und die getigerte Anton.

Es war ein komisches Gefühl gewesen, in dem Notizbuch zu lesen. Es war ein bisschen so, als ob ich in Felix' Kopf sitzen würde, als ob ich alles, was wir gemacht hatten, mit seinen Augen sehen konnte.

Auf einer Seite hatte Felix die »Regeln zur Bekämpfung des Unheimlichen« zusammengestellt:

Regel Nummer 1: Unsichtbar werden.
Regel Nummer 2: Genau beobachten.
Regel Nummer 3: Keine Angst haben. Nie!
Regel Nummer 4: Leise sein.
Regel Nummer 5: Nicht weinen.
Regel Nummer 6: Geheimversteck einrichten.
Regel Nummer 7: Klappe halten.

Die Regeln waren gut. Ich las sie wieder und wieder. Ich las sie so oft, bis ich sie auswendig konnte. Dann steckte ich das Notizbuch in meine Jackentasche und zog die Korridortür leise hinter mir zu.

Draußen war der Sommer zurückgekommen. Der Himmel war dunkelblau und leer. Die Regenwolken waren verschwunden. Die Schmetterlinge saßen auf den Blüten des Sommerfliederstrauchs, die Mauersegler stürzten um die Hausecke und schrien »Sriii, sriii«. Aber das Beste war der Bahndamm, denn der Bahndamm war grün. Es war wie ein Wunder, er war einfach wieder grün.

Felix Vorhelm, Corinna Thiemann und ich standen vor Thiemanns Garage. Wir starrten auf den Bahndamm und konnten es nicht fassen.

»Donnerwetter«, sagte Felix und spuckte durch seine Zahnlücke.

Corinna hatte Tränen in den Augen.

Ich war so erleichtert, dass ich meinen lautesten Indianerschrei ausstieß.

Im gleichen Augenblick riss Fräulein Fontana das Fenster auf. »Geht's auch ein bisschen leiser?«, schimpfte sie. »Nein«, rief ich und zeigte auf den Bahndamm. »Sehen Sie doch mal. Alles ist wieder grün! Grühün!! Grüühüün!!!«, brüllte ich.

Fräulein Fontana schüttelte den Kopf und machte das Fenster wieder zu.

»Alte Hexe!«, sagte Felix. Seine Lippe war abgeschwollen, nur ein kleiner brauner Schorf erinnerte noch an die Prügelei mit Lukas.

Ich legte meinen Arm um Corinnas Schulter. »Alles wird gut«, sagte ich. »Jetzt wird alles gut. Bestimmt.«

Wir setzten uns auf die Bordsteinkante. Ich zog das Notizbuch aus der Jackentasche und wollte es Felix geben. Aber er riss es mir aus der Hand.

»Gib's zu, du hast da drin gelesen.«

Ich merkte, wie ich rot wurde.

»Nur durchgeblättert«, sagte ich schnell.

»Du bist das Allerletzte!«

Felix sprang auf und ballte die Fäuste.

»Das ist mein Privatnotizbuch! Das ist geheim! Das ist obergeheim!«

Er wollte sich gerade auf mich stürzen, als Lukas Trietsch um die Ecke bog.

Lukas trat wie ein Wahnsinniger in die Pedale. Er brachte sein Fahrrad mit quietschenden Reifen zum Stehen. Felix drehte sich wütend um.

»Was willst du denn hier, Fettklops? Du hast doch Außendienst!«

Lukas keuchte und schnappte nach Luft.

Er hatte einen ganz roten Kopf, und der Schweiß lief ihm in die Augen.

»Was ist los?«, fragte Felix. »Nun sag schon.«

»Die Polizei ...«, keuchte Lukas. »Die Polizei ist bei Brüning. Ihr müsst schnell kommen!«

Felix starrte Lukas wortlos an.

»Was guckst du denn so? Begreif es doch, die holen den ab!«

Lukas' Stimme überschlug sich vor Aufregung.

»Ich hab's ja immer gewusst. Der hat den Brand gelegt. Der ist der Feuerteufel. Ehrlich, Leute, der ist hundertprozentig der Feuerteufel.«

Es war, als würde mir jemand den Boden unter den Füßen wegziehen. Es fühlte sich an wie in einem Fahrstuhl, der viel zu schnell abwärtsfährt. Ich spürte, wie sich ein riesengroßer Kloß in meinen Hals schob.

Corinna Thiemann war aufgesprungen. Sie hatte die Hand vor den Mund geschlagen, und ich sah, dass sie zitterte.

»Mensch, Leute, was ist denn? Jetzt kommt doch endlich!«

Lukas Trietsch hatte sein Fahrrad gewendet. »Ich fahr dann schon mal vor«, rief er. »Aber beeilt euch.«

»Scheiße«, sagte Felix und spuckte auf den Bürgersteig. »Wir müssen da hin. Wir müssen sofort da hin.«

11

Ich liege im Bett und warte. Die Laterne vor meinem Fenster malt ein Gardinenmuster an die Wand. Ich höre unten im Haus die Klospülung, dann ist es wieder still.

Draußen schreit eine Katze, sie schreit so, wie ein Baby schreit. Ein Fenster wird zugemacht. Vielleicht ist es eine von Minkas Jungen. Pünktchen oder Anton oder Schulze 1 oder 2. Die sind jetzt schon fast ausgewachsen, und Minka faucht, wenn sie ihr über den Weg laufen. Die jungen Katzen sind scheu. Wenn ich oder Corinna das Garagentor aufmachen, springen sie sofort auf die Winterreifen und verschwinden durch das geöffnete Fenster.

Der Einzige, der sie locken kann, ist Felix. Wenn er die Luft durch seine Zahnlücke zieht und fiept, spitzen die jungen Katzen ihre Ohren, dann laufen sie zu ihm hin und reiben die Köpfe an seinen Beinen.

»Katzen vergessen nie. Die wissen, wer ihr Retter ist«, sagt Felix immer, und dann grinst er, weil er sich freut.

Gestern haben sie Herrn Brüning abgeholt. Vielleicht kann ich deshalb nicht einschlafen.

Corinna und ich haben geschworen, nie mehr Geld von ihm anzunehmen. Wenn er uns trotzdem was gibt, werden wir es in seinen Briefkasten werfen.

Lukas Trietsch hat das mitgekriegt und gemeint, wir wären total bescheuert.

»Typisch Weiber«, hat er gesagt. »Von guten Taten kann man sich doch nichts kaufen. Aber Mädchen können eben nicht rechnen. Ehrlich, Leute.«

Mir ist egal, was Lukas meint. Der hat sowieso keine Ahnung. Der klopft doch nur Sprüche.

Wenn man im Dunkeln wartet, sind alle Geräusche viel lauter. Ich höre den Wecker ticken, ich höre den Fußboden knacken. Mama sagt immer: »Das Holz arbeitet«, aber ich weiß genau, dass das nicht sein kann. Das Holz hat ja keine Hände. Unheimlich ist das Knacken trotzdem.

Ich warte darauf, dass der Schlüssel sich endlich in der Korridortür dreht. Ich warte auf Mamas Stöckelschuhschritte und Papas Räuspern. Papa räuspert sich jedes Mal, wenn er vor der Korridortür steht.

»Wir gehen zum Nachbarschaftstreffen«, hat Mama gesagt und sich die Lippen ganz rot gemalt. »Es kann später werden. Schlaf schön. Und warte nicht auf uns.«

Aber ich warte trotzdem. Erst wenn sie wieder da sind, werde ich so tun, als ob ich schlafe.

Angst

Eigentlich waren es nur dreihundert Meter von Thiemanns Garage bis zu Benno Brünings Haus. Dreihundert Meter und eine Straßenecke. Aber für uns war es der längste Weg der Welt.

Wir gingen ihn mit gesenkten Köpfen, die Hände hatten wir tief in den Jackentaschen versteckt, und obwohl wir zu dritt waren, ging jeder von uns diesen Weg allein.

Einer für alle gab es nicht mehr.

Einer für alle, das war damals gewesen in Thiemanns Garage, vor hundert Sekunden oder hundert Stunden oder hundert Tagen. Die Angst saß auf meinen Schultern wie eine große schwarze Katze.

Die Angst war so schwer, dass sie Felix Vorhelm in den Asphalt drückte.

Die Angst machte Corinna weiß und durchsichtig.

An der Straßenecke blieb Felix plötzlich stehen. »Das mit dem Schwur wegen dem Feuer gilt nicht mehr«, sagte er, ohne aufzublicken. »Das mit dem Schwur könnt ihr vergessen.«

»Aber dann musst du doch wieder ins Kinderheim.« Corinna hatte Tränen in den Augen.

»Ist doch egal«, murmelte Felix. »Ist doch ganz egal. Irgendwann kommt sowieso immer alles raus.«

Vor Benno Brünings Haus stand tatsächlich ein Streifenwagen. Die Beifahrertür war geöffnet, und eine junge Polizistin sprach in das Funkgerät. Lukas Trietsch winkte uns heran.

»Leute, jetzt kommt doch endlich!«, rief er.

Die Polizistin warf ihm einen ärgerlichen Blick zu.

Wir hatten Lukas Trietsch fast erreicht, als ein Krankenwagen um die Ecke bog, dicht gefolgt vom Notarztwagen. Das Blaulicht drehte sich, Türen wurden aufgerissen, zwei Sanitäter öffneten die Heckklappe und zogen eine Trage heraus. Die Polizistin brachte den Notarzt zur Haustür, er trug einen schweren schwarzen Arztkoffer.

Eigentlich war alles wie im Fernsehen, nur dass es diesmal die Wirklichkeit war.

»Der alte Brüning hat bestimmt einen Herzinfarkt bekommen, als sie ihn verhaften wollten«, grinste Lukas Trietsch.

»Halt die Klappe, Fettklops, sonst polier ich dir die Fresse!«

Felix' Augen waren schwarz vor Zorn. Er ballte die Fäuste.

»Schlag doch zu«, sagte Lukas. »Dann kriegst du eine Freifahrt im Polizeiauto.«

»Und du eine im Krankenwagen!«, fauchte Felix.

In diesem Augenblick öffnete sich die Haustür. Die junge Polizistin und ein älterer Polizist kamen auf uns zu. Mir stockte der Atem. Der Polizist legte seine Hand auf Lukas' Schulter und machte ein finsteres Gesicht.

»So, Freunde, ihr geht jetzt mal ganz schnell nach Hause. Hier gibt es nämlich nichts zu sehen.«

So schnell wir konnten, rannten wir zur Straßenecke.

»Junge, vergiss dein Fahrrad nicht!«, rief der Polizist hinter uns her. Wir lehnten keuchend an der Hauswand, wir hörten, wie die Autotüren zuschlugen und der Motor aufheulte, dann war das Polizeiauto weg. Vorsichtig lugten wir um die Ecke.

Wir sahen, wie die Sanitäter Benno Brüning auf der Trage aus dem Haus trugen. Über seine

Nase hatten sie eine durchsichtige Plastikmaske gestülpt. Sie schoben die Trage in den Krankenwagen, das Martinshorn heulte, dann war alles vorbei.

»Und jetzt?«, fragte Lukas Trietsch.

»Jetzt muss ich nach Hause«, sagte Felix. Er drehte sich um und schlenderte langsam die Straße runter.

»Ich muss auch weg«, sagte Corinna schnell und ließ uns stehen.

Als ich gehen wollte, hielt Lukas Trietsch mich am Ärmel fest.

»Bleib du wenigstens hier, Mia?«, bettelte er. »Bitte.« Seine Stimme war plötzlich ganz weinerlich.

»Ich muss zum Mittagessen. Meine Mutter wartet auf mich.«

»Aber ihr könnt mich doch nicht einfach hier so stehen lassen.«

»Wieso denn nicht?«

»Weil … weil …«, stammelte Lukas. »Mein Opa hatte auch so eine Maske auf, und sie haben ihn auch mit einem Krankenwagen abgeholt …«

»Und dann?«, fragte ich.

»Dann ist er gestorben«, sagte Lukas. »Tut mir leid, ich habe wirklich gedacht, die Polizei würde

Herrn Brüning verhaften, weil er das Feuer gelegt hat. Alle haben doch gesagt, dass er der Feuerteufel ist.«

»Er war es aber nicht«, sagte ich und ließ Lukas Trietsch einfach stehen.

»Und wer war es dann?«, rief Lukas hinter mir her. »Irgendwer hat doch das Feuer gelegt. Gib's zu, du weißt was!«, brüllte er. »Ihr wisst doch alle was! Wahrscheinlich wart ihr es selbst!«

12

Der Krankenhausflur ist sehr lang und sehr weiß. Die breiten Türen, hinter denen die Krankenzimmer liegen, sind rot und blau und gelb und grün. Neben den Türen stehen die Zimmernummern. Herr Brüning liegt auf Zimmer 213. Das hat der Pförtner gesagt. Corinna Thiemann trägt den Blumenstrauß. Wir haben zusammengelegt. Jeder zwei fünfzig. Der Blumenstrauß ist schön bunt. Sommerfarben eben. Löwenmäulchen, Margeriten und Kornblumen.

Mama und Papa denken, ich wäre im Schwimmbad. Das war Felix' Idee.

»Wir sagen einfach, dass wir ins Schwimmbad gehen. Das glaubt meine sofort.«

»Und du willst Herrn Brüning wirklich die Wahrheit sagen?«

»Mal sehen«, hatte Felix gemeint.

»Aber dann musst du doch wieder ins Heim.«

»Muss ich vielleicht sowieso. Meiner Mutter geht's nicht so gut.«

Das Zimmer 213 liegt hinter der grünen Tür. Wir klopfen an und warten.

»Herein«, sagt eine Männerstimme.

Vorsichtig machen wir die Tür auf. Corinna hält den Blumenstrauß vors Gesicht. Herr Brüning sitzt auf der Bettkante und starrt uns mit offenem Mund an. Er trägt ein Krankenhausnachthemd und hat ganz dünne Beine.

»Was macht ihr denn hier?«, fragt Herr Brüning. Seine Stimme klingt ganz rau.

»Wir wollten Sie mal besuchen«, sagt Felix.

»Siehst du, Benno, jetzt kriegst du doch noch Besuch«, sagt der Mann, der im Bett am Fenster liegt. »Ich hab's dir doch gesagt, hier wird keiner vergessen.«

Herr Brüning nimmt die Brille ab und wischt sich mit dem Handrücken über die Augen. Corinna hält ihm den Blumenstrauß hin.

»Sind die für mich?«, fragt Herr Brüning.

»Klar doch«, sagt Felix.

Herr Brüning schüttelt den Kopf. Dann drückt er auf den Summer, der neben dem Kopfkissen liegt. Eine Krankenschwester streckt den Kopf zur Tür herein.

»Schwester!«, ruft Herr Brüning. »Schwester, wir brauchen eine Vase und Gläser und Apfelsaft und, wenn's geht, noch ein paar Plätzchen! Schwester, sehen Sie nur, ich habe tatsächlich Besuch bekommen!«

Die Krankenschwester lacht. »Wenn's mehr nicht ist, Herr Brüning. Kleine Wunder erledigen wir sofort.«

»Setzt euch doch, Kinder«, sagt Herr Brüning. »Holt euch die Stühle und setzt euch.«

»Und jetzt erzählt. Was macht der Flussweg? Hat der Brunnenwirt schon Pleite gemacht? Und die Trietschtratsche? Hat sie schon meine Grabrede gehalten? Also los, Kinder, erzählt schon.«

»Die Trietschtratsche«, kichert Corinna.

»Na, was denn sonst?« Herr Brüning lacht. »Und diese kleine fette Qualle, die ihr Sohn ist. Wie heißt der noch? Lukas? Tagelang hat der Lumpsack hinter mir herspioniert! Tagelang! Was soll man da denn denken?«

»Das war unsere Idee«, sagt Felix leise.

Die Krankenschwester kommt zurück, bringt eine Vase, drei Plastikbecher und eine Flasche Mineralwasser »Bitte schön«, sagt sie. »Hausmarke. Extra für euch.«

Felix, Corinna und ich sehen uns an. Ich nicke Felix zu. Die Krankenschwester verlässt das Zimmer. Herr Brüning sieht jetzt nachdenklich aus.

»Ich bin vielleicht ein Säufer«, sagt er, »aber blöd bin ich nicht. Ihr drei habt doch was auf dem Herzen, stimmt's? Also raus mit der Sprache.« Er dreht sich zu dem Mann im Fensterbett. »Und du hörst jetzt mal weg, Karlheinz, verstanden?«

»Wird gemacht, Chef!«, antwortet der Mann, der Karlheinz heißt.

Als Felix alles erzählt hat, ist es ganz still im Krankenzimmer. Draußen hinter den Fensterscheiben glitzert der Sommer. Die Wasserflasche ist leer. Wir sitzen auf unseren Stühlen und gucken auf unsere Schuhspitzen.

Herr Brüning räuspert sich.

»Dumm gelaufen«, sagt er dann. »Ganz dumm gelaufen. Besonders die Sache mit der Zeitung. Aber das ist typisch Ulrike Fontana. Besser eine Halbwahrheit als gar keine Wahrheit. Tja, Herrschaften, wenn ihr mich fragt, ihr steckt bis zum Hals in der Scheiße.«

Wir starren ihn mit weit aufgerissenen Augen an. Da zuckt es plötzlich um Herrn Brünings Mundwinkel, und dann fängt er an, schallend zu lachen.

»Feuerteufel!«, prustet er. »Feuerteufel ist gut! Nun lasst mal die Köpfe nicht hängen, Kinder.

Ich hab schon ganz andere Rollen gespielt. Feuerteufel ist eine meiner leichtesten Übungen. Und wenn die Trietschtratsche ihre Freude dran hat … nur zu, nur zu. Aber das bleibt unter uns, verstanden? Wir haben von jetzt an ein Geheimnis. Abgemacht, Kinder?«

Herr Brüning streckt seine Hand aus.

»Abgemacht«, grinst Felix und schlägt ein.

Strassenfest

Und dann waren die Sommerferien plötzlich fast vorbei. Noch zweimal schlafen und die Schule würde wieder anfangen und das frühe Aufstehen und überhaupt alles. Die Schulbücher rochen ganz neu, sie lagen auf meinem Schreibtisch neben den neuen Heften, den neuen Buntstiften und dem Zirkelkasten. Mama hatte mir Turnschuhe gekauft und einen Trainingsanzug für den Sportunterricht.

Sie hatten auf ihrer Sitzung ein Nachbarschaftsfest zum Sommerende beschlossen, und jeder sollte mithelfen.

Am letzten Feriensamstag stand meine Mutter in der Küche am Herd und kochte Nudeln für den Nudelsalat. Das Küchenfenster war weit offen, damit der Wasserdampf abziehen konnte. Papa stellte draußen auf der Straße mit Herrn Trietsch die Tische und Bänke auf.

»So ein Nachbarschaftsfest, das ist gut für die

Gemeinschaft«, hatte Mama gesagt. »Jeder trägt dazu bei, und wir alle haben einen schönen Abend!«

Ich wusste genau, dass Papa die Sache anders sah.

»Es kann der Frömmste nicht in Frieden leben, wenn es dem bösen Nachbarn nicht gefällt«, hatte er gebrummt.

»Gisbert, das Kind«, hatte Mama geflüstert.

»Mia, dein Vater freut sich drauf«, sagte sie laut zu mir. »Er kann es nur nicht so zeigen.«

Felix' Mutter freute sich nicht. Er wüsste noch nicht, ob sie mitfeiern würde, aber den Apfelsaft und die Papierservietten würde sie bezahlen, hatte Felix gemeint.

Corinnas Mutter war für den Kuchen zuständig.

»Kirschkuchen«, sagte Corinna. »Schmeckt wirklich saugut.«

Um sechs sollte das Fest beginnen.

Die Rostbratwürstchen waren selbstverständlich eine Spende der Familie Trietsch.

Deshalb musste Lukas Trietsch auch den Grill aufstellen. Er schleppte eine schwere Gasflasche aus dem Keller, und wir sahen zu, wie er schwitzte.

»Du bist aber ein hilfsbereiter Junge«, zirpte Fräulein Fontana. Sie streichelte Lukas über den Kopf, so wie man einen Hund streichelt. Felix und ich mussten lachen.

Fräulein Fontana stellte den Korb mit dem selbst gebackenen Brot auf einen Tisch. Herr Pohling trat aus der Haustür und legte den Arm um ihre Schulter.

Die Kirchturmuhr schlug sechs.

»Na, dann woll'n wir mal anfangen«, sagte Frau Trietsch. »Wird auch höchste Zeit«, sagte Herr Brüning. »Wo ist denn der Flaschenöffner?«

Frau Trietsch warf ihm einen strafenden Blick zu.

»Liebe Nachbarn«, sagte sie, »ich freue mich, dass ihr alle gekommen seid. Ein ereignisreicher Sommer liegt hinter uns, und deshalb wollen wir heute feiern und dem Frohsinn Tür und Tore öffnen. Auch wenn die eine oder der andere nicht an diesem Fest teilnehmen können, wollen wir doch …«

Genau in diesem Augenblick öffnete sich unsere Haustür. Felix Vorhelm hielt die Hand seiner Mutter und führte sie an unseren Tisch. Frau Vorhelm sah wunderschön aus. Sie trug ein rotes Sommerkleid mit großen Blumen, und ihr weißblondes Haar leuchtete im Abendlicht.

»Guten Abend«, sagte sie. »Ich hoffe, wir kommen nicht zu spät.«

Frau Trietsch war das Wort im Halse stecken geblieben. Sie schnappte nach Luft.

»Gnädige Frau«, rief Benno Brüning. »Nehmen Sie doch Platz! Darf ich Ihnen etwas zu trinken bringen? Ein Glas Rotwein vielleicht …«

Frau Vorhelm lächelte wie eine Königin. »Gern, Herr Brüning«, sagte sie. »Danke.«

Ich konnte meinen Blick nicht von ihr abwenden, und plötzlich verstand ich, warum Felix in keinem Kinderheim der Welt bleiben wollte.

Lukas Trietsch stand hinter dem Grill und drehte die Würstchen um.

Ich sah, wie Corinna Thiemann ihrer Mutter etwas ins Ohr flüsterte. Dann nahm sie die Weinflasche und stellte sie ans andere Ende des Tisches.

Felix und ich setzten uns auf die Bordsteinkante. Herr Brüning zwinkerte uns zu.

Und dann geschah das Wunder.

Corinna hatte es zuerst gesehen. Sie stieß plötzlich einen lauten Schrei aus. Sie zeigte mit dem Finger auf die Straßenecke. Und dann sahen es alle.

An der Straßenecke stand ein großer braungebrannter Mann mit einer Baseballkappe auf dem Kopf und einem Seesack über der Schulter.

»Papa!«, rief Corinna Thiemann und rannte los.